若き日の悩み

清沢桂太郎詩集

ブックウェイ

プロローグ

空

青空がきれいだというから
私は天に上ったのだ

真っ暗なところに
星が輝いてるだけじゃないか
紺碧なんてないじゃないか

白い雲が美しいというから
私は天に上ったのだ

風の中を
ただの水玉が漂ってるだけじゃないか
純白なんてないじゃないか

青空はきれいだというから
白い雲は美しいというから
私は天に上ったのだ

清沢桂太郎詩集　若き日の悩み　目次

プロローグ

不安と迷い

不安と迷い

不安と迷い

それが私の
詩と短歌と坐禅の
テーマだ

不安と迷い
それは私の全人生を
貫いているもの
だから　それは
私の詩と短歌と坐禅の
テーマだ

不安と迷い
それは私の全人生を
覆っているもの
その中で　私は
時には立ちすくみながらも
歩み続ける

不安と迷い
その中でも
周囲を見回すと
春には
菫や蒲公英(たんぽぽ)や桜が咲き
鶯が鳴く

夏には
稲が穂を膨らまし
秋には
カーテンを揺らして入る風は涼しく
桔梗や女郎花が咲き
銀杏が黄葉し　楓が紅葉する
冬には
冷たい北風が吹き
木々の葉を散らし
雪が降る

心づかいと情愛が細やかで
気立てのいい女性に出会うと
この女性と結婚していたらとか

この女性と結婚できたらと
心が動く

不安と迷いの人生ではあるが
もし　私の後ろに
一本の足跡が続いているとしたら

それは　私が
不安と迷いの中でも
歩み続けてきたからだ

逃げろ　逃げろ

オレは夜の径を
逃げる

お天とうさまも
お月様も
星の一片さえもない
夜の径を
オレは逃げる

逃げろ　逃げろ

どこまでも逃げるがよい
地球は自転をやめた
お前は永遠の闇の中を
さまようがよい

なぜ　たちどまる
歩め！　歩め！

あなたにお会いするのが

広い　広い砂原の
その真っただ中を
恐れ　おののきながら
とぼとぼと歩いていたとき
あなたは
私をやさしくまねいてくれたように
覚えています

—いえいえ
あなたは

私をやさしくまねいてくれました
あなたは
私を抱きしめ
私に言ってくれました
「もう　お前は恐れる必要はないよ」と

しかし　それは遠い昔のこと
時というのは不思議なものです
すべてのものを曖昧模糊の中に
包んでしまいます
そして　人の心には
なかったものがあったように
あったものがなかったように
思われてきます

―ああ　しかし
　あなたにお会いしたのは
　　確かです

それなのに
あなたにお会いできたのは
私の幻想であったように思われます
あなたにお会いしたいという気持ちのための
幻想であったように思われます

私は　広い広い砂原の
本当に　ただ砂だけの砂原の
その砂原を

とぼとぼと歩いています
あなたにお会いしたいのです

でも　あなたにお会いできないのではないか
そいう不安があります

いえ　いえ
あなたにお会いするのが
怖いのです

淋しいとき

淋しいときは
無理にはしゃいでみたり
酒を飲んだりしないで
淋しいままに
静かに座っているのが
一番よいようですね

泪が出そうになったら
我慢をせずに
泪を流したらよいようですね

それでも
どうしても　どうしても
淋しいときは
私を呼んでください

私も
外になすべき術を知らないのですが
あなたの傍らに
そっと座っていてあげたいのです

私も淋しいのです

ゆめ

あなたは
いつものように微笑んでいる

「何をしているの？」

わたしは尋ねる

あなたは
静かに微笑んでいるだけ

「何をしているの？」

わたしは　再び尋ねる

でも
あなたは微笑んでいるだけ

わたしは　勢い込んで
また尋ねる

やっとあなたは口をひらく
「あなたと一緒に行きたいの
わたしを連れてって」

わたしは　おぼつかない足取りで
あなたに走り寄ろうとする

なのに　あなたは
静かに微笑んでいるだけ

「行ってはだめだ　行ってはだめだ
来い」
わたしは叫ぶ

その時
あなたは微笑みながら
消えてゆく

ウワッハッハッハハ

―アッハッハッハッハ……
君は何がおかしいのだ

―サア、ハッハッハッハハ……
何故、君は笑うのだ

―サア、ただおかしいからさ
だから笑うのさ
ハッハッハッハハ……

何がおかしいのだ　何故笑うのだ

ーアッハッハッハハ……
　アッハッハッハハ……

おーい、君　キミー　どこへ行くんだ
キミーー！！

ーウワッハッハッハッハハ……
　ウワッハッハッハハハ……

捕まった野良犬

野良犬が捕獲員に捕まった
茶色の犬だ

犬は暴れまわる
鉄のロープは首にくいこむ
犬は地面をひっかく
しかし　ただわずかな土がとぶだけ

捕獲員は鉄棒で

犬を殴りつけた

犬は鳴かなかった
犬はただ地面をひっかくだけ

「こいつ　しぶとい奴め
野良犬のくせに」
捕獲員はまた一撃与えた

そして　また一撃
犬はなかなかった
犬は　口と鼻から
血を流して倒れた

アリンボ

アリンボは逃げる
だが
いたずら小僧の手は大きい大きい
いたずら小僧の腕は長い長い

アリンボは逃げる
でも
あっちへ行っても手
こっちへ来ても手

アリンボは
ただウロウロするばかり

ーオイ　そっちへ行った　そっちだ　そっちだ
ー手でかぶせろ　かぶせろ
ーホラ　その指の間から逃げられた
ーそっちだ　そっちだ
ーアッ　こっちだ
ーエイッ　面倒だ　つぶせ　つぶせ　つぶしちまえ

アリンボは下駄の下

ーアリンボはどこへ行った？
ーアレ　どっかへ行っちまった

ー逃げられたな

アリンボの死体（からだ）は
下駄の土と土の間

クモに

茶碗を洗ってそのままにしておいたら
その底にわずかばかりの水が溜まっていて
小さな灰色のクモが死んでいた

クモよ
たったそれだけの水なのに
おまえを殺すのに十分だったのか

落ちたとき
おまえは必死に這い上がろうとしたにちがいない

でも茶碗は
余りにすべすべしていて
真っ白過ぎた

茶碗の底に溜まった
たったそれだけの水なのに
おまえを殺すのに十分だったのか

午後のうたた寝

空から天使が
おりてきて
やさしく瞼にキッスして
「ネ、いい子、
おねんねしましょうネ」

歩こう

歩こう
歩かなければ
進めない
進めば
目的地にそれだけ近くなる

消えてしまう言葉

オレの言葉が
口から出て
一センチと行かないうちに
消えてしまう

オレの言葉が
一センチも行かないうちに
消えてしまう

消えてしまう　消えて……

オレの言葉が
消えちまうんだヨ〜
一センチも行かないうちに

愛とは

また　一人の女性（ヒト）が
わたしから離れて行こうとしている
わたしはそれを黙ってみている

愛とは
心で深く思っていること
愛とは
言葉ではなくて　心の中で思い続けること
そう考えたことがあった

わたしに微笑みかけてくれた女性は
間もなく　声をかけた男と
連れだって去って行った

愛とは言葉である
愛とは表現すべきものである
そのとき　わたしは考えた

それで
一人の女性が微笑んでくれた時
わたしは言った
「好きなんです」

やがて

彼女は去って行った

ひとは言う
「よくわかるように　自分の気持ちを
言わなければだめだ」と

わたしは
自分の気持ちを全部
細かに言おうとする

するとその時
わたしの中で一つの声がする
「おまえは　ウソを言おうとしている
おまえは　ありもしないことを言って

関心を得ようとしている」と

そして　さらにその声が言う
「愛とは思い続けること以外の何物でもない
書くなら書いてもよい
ただ『好きです』とだけ書け」と

さらに　もう一つの声は
「愛とは言葉である
愛とは表現すべきものである」と

わたしは
二つの声を手紙に書く

一人の女性が
わたしから離れて行こうとしている
わたしの心を知りながら
わたしはそれを黙ってみている

二つの声が　論争を始める

それでも　わたしはそれを黙ってみている
その女性を思いつつ

偽善

愛を論ずる者は
真に愛を知らざる者なり

恋を談ずる者は
真に恋を知らざる者なり

偽善を語る者は
真に偽善を知れる者なり
偽善を為したる者なり

しゅんせつ船に掘られた土砂は

君は
しゅんせつ船に掘られた土砂の運命を
知っているか

掘りとられた土砂は
しゅんせつ船の巨大なモーターの力で
鉄管の中を押し流されてゆくのだ

前のものが後ろになり
後ろのものが前になりながら

掘りとられた土砂は
巨大なモーターの力で
鉄管の中を押し流されてゆくのだ

鉄管の口から吐き出された土砂は
重いがれきが下になり
その上を砂が埋め　粘土が埋めして
自ら新しい水路を形成しながら
埋めたて地を造りながら
押し流されてゆくのだ

そして　やがて
一つの埋めたて地ができあがる

しかし　また
その埋めたて地も変わってゆくのだ

埋められた土砂は
そのままに　あるいは流され　あるいは残りながら
雨に打たれ　風に吹かれ
植物の根に裂かれ
動物たちの巣にされ
どんどんどんどん
変わってゆくのだ

そして　残っていた土砂もいつかは流され
その埋めたて地が
埋めたて地でなくなる日も

やってくるのだ
やってくるのだ

風よ

風よ　吹いてくれ
風よ　吹いてくれ

風よ
私の体の中を吹いてくれ

風よ
私の体の中の
迷いと　不安と　恐れを
吹き流してくれ

風よ

あか

あかは
地獄の炎
荼毘の火

あかは
キリストの血
被抑圧者の地

あかは
遠くで燃える

野火の炎

あかは
太陽
西方浄土

混ざりものがない

純粋
〈混ざりものがない〉

純粋な愛
純粋な恋
純粋な自己犠牲

ある頃から
追い求めていたもの

しかし
そのようなものって
あるのだろうか

純粋な恋って
何だ

純粋な愛って
何だ

純粋な恋って
純粋な愛に内包されているものなのか？
純粋な愛とは独立したものなのか？

恋は盲目という
言葉もある

純粋な自己犠牲は
なんとなく分かる

しかし
私にはできない

純粋　純粋　純粋
私は追い求めようとするが
ただ悩むだけ

やさしい言葉で書いてあるのに

平凡な表題で
よく分かる詩がある

平凡な表題で
やさしい言葉で書いてあって
よく分かる詩がある

平凡な表題で
やさしい言葉で書いてあるのに
よく分からない詩がある

やさしい言葉で書かれているのに
その言葉の使い方が
私たちの日常の使い方とは異なるために
何のことなのか
分からない詩がある

詩

詩って何だ?!

月影に照らされたどぶ川

久人が火葬場の高い煙突から
真っ黒な煙になって北風に流されてゆく

煙が無色になって
しばらくしてから炉が明けられて
白いかたまりを骨壺に入れた

おまえは踏切のわきで
酒臭い体で見つかったと
ご両親は言う

酒を飲みすぎて
踏切に寝てしまった事故だと
言う

私は自死だと思う

何故なら　その十日程前に
お母さんから
「もし　久人がそちらへ行ったらお電話ください」
という連絡を受けていて
おまえは大阪に住む私の許を尋ねて来たし
迎えに来たおまえと二人だけの経済情報社の社長と
一緒に東京に帰る途中で

行方不明になっていたからだ

　月影に照らされたどぶ川を
　お前は美しいと思うか
おまえの家に泊まりに行った晩
おまえは言った

その時
私にはいつも政治家のように
弁舌爽やかに話し
高校の同級生との酒の席では
はしゃぎまわっているおまえの中の
心の闇が分からなかったのだ

　どぶ川はどぶ川さ
　朝になれば全てははっきりする
白黒つけなければ気が済まない性格だった
若い私は答えた

それから数十年以上が経って
今は清濁を知る穏やかなこころの私を
時々　おまえの言葉が
鈍器のように打ちつける

生物学法則

生物学法則

物理学法則はある

運動の法則　運動量保存の法則
万有引力の法則　クーロンの法則
オームの法則などだ

化学法則もある

質量保存の法則　エネルギー保存の法則
ファラデーの法則などだ

それでは
生物学法則はあるのだろうか

○　○

角砂糖にタバコの灰を付けて
ライターで火をつけると
炎をあげて　燃えて炭酸ガスと水になる
燃焼という化学反応だ

この時　砂糖の持つ化学エネルギーは
直接に熱に変換される

しかし
私たちの体や細胞では
砂糖が炎をあげて　燃えて直接に
炭酸ガスと水になるという化学反応は起こらない

私たちの体や細胞でも
砂糖の持つ化学エネルギーは
最終的には水と炭酸ガスになるが
私たちの体や細胞では
タンパク質である酵素と呼ばれる触媒によって
段階的に化学変化を受けて　その過程で
ＡＴＰという細胞に共通の
高いエネルギーを持ったリン酸化合物に変換される

それは　基本的には化学反応であり
化学法則と物理学法則にしたがって起こるのだが
無生物の物質の間で起こる化学法則、物理法則とは異なる
生物に特有の一定の秩序で起こるのだ

生体や細胞で起こる現象は
生体も細胞も原子やイオンや化学物質でできており
原子や分子やイオンの間で起こる
化学現象や物理現象であるが
その化学現象や物理現象の発現の仕方には
生物に特有の一定の秩序があるのだ

この生体や細胞で起こる
化学現象と物理現象が

生物に特有の一定の秩序で起こる
化学現象と物理現象の秩序が
生物学法則なのだ

生物は
鉄や銅や金やプラスチックではなく
水をたくさん含んでいて　タンパク質と
炭水化物と脂質と特有のイオンをもとに
基本的には四種類の塩基からなる遺伝子で
構成されているということも
生物学法則だ

生物は進化したり退化するということも
生物学法則だ

部分と全体

動物や植物の体の一部を切り取って
重量を計り　乾燥させて再度重量を計ると
明かに乾燥重量は軽い

減少した分のほとんどは水だ

その動物や植物の一部の切片をつくり
顕微鏡で観察すると
核やミトコンドリアや
植物では　それらに加えて葉緑体を含んだ

四辺形や六角形や複雑な
囲みで囲まれた　構造が見える

それは細胞だ
生命の基本単位である細胞だ

細胞の切片を
電子顕微鏡で観察すると
核や　ミトコンドリアや　葉緑体は
さらに　微細で複雑な構造からなることが分かる

動物や植物から切り取った塊を搾り
得られた液体を　化学分析すると
蛋白質や　糖類や　ＤＮＡや

カリウムイオンや　ナトリウムイオンや　カルシウムイオンや
塩素イオンなどが　含まれていることが分かる

しかし
水に　タンパク質や　糖類や　ＤＮＡや　イオンや
単離した核や　ミトコンドリアや　葉緑体を混ぜても
生命を持った　細胞はできない

水や　タンパク質や　イオンや　核や　ミトコンドリアや
葉緑体は　細胞を構成する部分ではあるが
部分を混ぜ合わせただけでは
生命を持った　細胞にはならない
全体は　部分の単なる寄せ集めではない

◇　◇

原子の中心には　陽電荷を持った陽子と
電荷を持たない中性子からなる　原子核があり
その原子核の周りを　陰電荷を持った電子が　飛び回っている

一個の陽子と　一個の電子からなる　水素原子は
八個の陽子と　八個の中性子からなる原子核と
八個の電子が飛び回っている　酸素原子と結合すると
生命にとって　不可欠な水分子になる

水素原子と　酸素原子と　炭素原子が
ある量比で結合すると

甘いブドウ糖や　砂糖の分子になる

分子は　原子という　部分からなるが
分子という全体は
部分である　原子の特性以上の性質を持つ

全体は　部分の単なる寄せ集めではない

◇　◇

植物が　どのような仕組みで　生長するのかということを
研究する分野に　生長生理学や　植物ホルモン学がある

アズキや　ササゲや　インゲンや　アベナなどの

芽生えには　生長のある時期　常に伸長し続ける
伸長帯がある

これまで　ほとんどの生長生理学者や
植物ホルモン学者は
この伸長帯を　切り出して　実験をしてきた

しかし
切り出された伸長帯は　芽生えという
全体の中の部分である

伸長帯が　切り出された状態と
芽生えという　全体の中にあるときで
生理学的に　完全に同一であるかどうかは

未だ　不明な点が多い

◇　◇

「部分と全体」
それは　常に科学哲学の
重要な命題の一つである

富士山は将来必ず噴火する
関東大震災クラスの首都直下地震は
将来必ず起こる

第二の東京を

富士山は将来必ず
噴火する

関東大震災クラスの
首都直下地震は今から三十年のうちに
七十％の確率で起こる

富士山が噴火すると
その火山灰は西風に流されて
横浜　川崎　東京に

噴火が続く限り
一日当たり数ミリから四、五ミリが降り積もる

すると　高速道路では
火山灰によるスリップを中心とする
交通事故があちらこちらで起こり
交通マヒが起こる

火山灰は
東海道新幹線　上越新幹線　北陸新幹線　東北新幹線や
東京都心に乗り入れている全ての鉄道の線路の上に
降り積もり　鉄道もマヒする

東京で

関東大震災クラスの直下地震が起こると
屋内では家具が倒壊して　多くの人が
家具の下敷きになって死ぬ
多数の高層の建物や住宅が倒壊し
各所で同時に大規模火災が発生する

その火災による炎は
東京の多くの場所で
炎が巨大な竜巻のように渦を巻きながら
移動する火災旋風となり
倒壊した建物から逃れて避難場所にいる人々をも
包囲するように焼き尽くす

倒壊した家具や建物の下敷きになって死ぬ人に加えて

避難場所に逃れた人々をも
包囲網のようになって焼き殺すのだ

すると　死者の数は数万人となり
その遺体の処理は膨大となる

直下地震が起こると
鉄道や道路などの交通網は
ずたずたに寸断されて
その日のうちに自宅に帰れない人の数は
膨大になる

駅に向かう道路などで
人々が多数密集状態になると

一人がつまずいたりして倒れると
多数の人が将棋倒しに次々と倒れる群衆雪崩が
あちらこちらで起こり多数の圧死者が出る

東京だけではなく千葉　埼玉　神奈川などで
大規模な停電が発生し
東海道新幹線や上越新幹線や北陸新幹線や東北新幹線や
都心に乗り入れている全ての鉄道の
電車も動かなくなるし
スマホや電話も通じなくなる

地震が起こると各所で水道管やガス管が破壊され
さらに停電によっても
断水とガスの供給の停止が起こる

すると　温かい料理を作ることが出来なくなり
トイレもマヒ状態に近くなり
洗濯機もほとんど使えず
風呂にも入れなくなる

停電や断水やガスの供給が止まると
病院でも入院患者の食事は作れなくなり
トイレや冷暖房機能がマヒする

病院などの医療機関は
入院患者に加えて多数の負傷者であふれ出す
停電になると自家発電による電源に頼るほかはなく
それほど長くない期間内に

病院の医療器械は機能しなくなる

道路は倒壊した建物や
避難者の車で一杯になり
治療用の薬剤や水や食品を運ぶ車が通れなくなり
在庫の治療用薬剤も底をつき
治療できない患者が多数出る

地震が沈静した後　住民のための住宅だけでも
倒壊した高層ビルディングや住宅を撤去したり
火災で焼けた建物や住宅を撤去してできた更地に
二十万戸前後を立て直さなければいけない

その際　東京や千葉　埼玉　神奈川などの都市の

震災後の将来へ向けた都市計画も策定しないといけない

政治　経済　文化　教育の中心地で
密集都市である東京は現在
三十年以内に七十％の確率で起こる
重大な危機の中にあるということだ

だから　今から
第二の東京を意識して建設してゆくことが
必須なのだ

第二の東京は
大阪でもよいし
名古屋でもよいし

その外の都市でもよい

八月十五日に思う

「第二次世界大戦は民主主義国家と
ファッシズム国家の間の戦争であって
民主主義国家が勝利した戦争である」
という教科書の記述は誤りであって
帝国主義と帝国主義の間の戦争であった
のではありませんか

高校の社会科の授業での　私の質問に
クリスチャンである教師は
一瞬　困惑の表情を示したが

すぐに笑顔になり　クラス全体に
私の質問の意味をやさしく説明しなおした

一九四一年十二月八日日本軍真珠湾を奇襲
　　　　太平洋戦争始まる

一八四六年アメリカカリフォルニアを占領
一八四七年アメリカ軍メキシコを占領
一八四九年アメリカハワイと和親条約
一八八四年アメリカ真珠湾を租借
一八九七年アメリカハワイを併合
一八九八年アメリカフィリッピン・グアム島
　　　プエルトリコをイスパニアより奪う

一八一九年イギリスシンガポールを領有
一八四〇—四二年アヘン戦争
一八四二年イギリス軍上海を落とし南京に迫る
一八五八年イギリスインドの直接統治を始める
一八六〇年英仏軍北京を占領
一八六七年マライ海峡イギリスの直轄地となる
一八九八年イギリス香港を租借地とする

一八六三年フランスカンボジアを保護国に
一八八二年フランスハノイ占領
一八八三年フランス安南（ベトナム）を
　保護国に
一八八七年フランスフランス領インドシナ連邦を
　成立させ総督府を置く

一八九八年フランス広州湾を占領

一八九八年ロシア旅順・大連を租借

太平洋戦争が始まるまでの
アメリカも　イギリスも　フランスも
オランダも　ロシアも
中国　フィリッピン　インドシナ各国　マレイシア
インドネシア　インドなどアジアの各地を
侵略し　植民地にした
同じ植民地主義・帝国主義国家であったのだ

しかし　帝国主義国家日本が
日本領土外の

朝鮮に軍隊を出兵させ　併合し
支那（清・中華民国）に軍隊を送って
権益を求めて　屈服を強いてもよいという
正当な理由にはならない

その後の
米領フィリッピン　仏領インドシナ
英領マライ　蘭領東インドなどへの
侵略を正当化するための
一片の理由にもならない

日本が　教訓としなければならないことは
同じ植民地主義・帝国主義国家であるのに
アメリカ　イギリス　フランス　オランダ　ロシアには

非難の矛先が向かないで
何故　日本だけが
中国　韓国などから非難されるのかということだ

私は　第二次世界大戦で
同じ植民地主義・帝国主義国家でありながら
アメリカ　イギリス　フランスを中心とする
民主主義国家が勝利し
日本　ドイツ　イタリアを中心とする
ファッシズム国家が破れたことは
結果としては　幸せであったと思う

祈り

祈りとは
心の中で
神に訴えることか
神の許しを乞うことか
神の恩寵に感謝することか

神や佛に加護を
願うことか

私は口で

南無阿弥陀佛と唱えてみる

私は口で
南妙法蓮華経と唱えてみようとする

私は足を組んで坐禅をする

私は体を激しく動かして
筋肉トレーニングをする

肉体的な行動が伴わない限り
心の中でいくら神や佛に訴えても
心の中で感謝しても
神や佛は　最後の最後の答えはくれない

念じても花は開かなかった

戦国時代
夫を出陣させた後
妻は夫の無事と勝利を祈願して
神仏に必死に祈った

しかし
夫はしばしば敗れ
時には討ち死にすることがあった
自らも自害しなければならないことが

しばしばあった
念じても
花は開かなかった

永遠とは

私が死んで
ある期間が経過したとき
私の墓はどうなるのだろうか
そんなことを　ふと思うことがある

私は死ねば　腐る前に焼かれ
リン酸カルシウムか酸化カルシウムか
それらの混合物になる

雨が降れば

私の体からできたリン酸カルシウムや
酸化カルシウムは　少しづつ溶けだし
土に中に浸み込んで
土に同化してしまう

墓石も　風雨の中で
いつかは崩れ落ちてしまう

これが現実であるのに
私だけは
永遠であって欲しいという
気持ちがある

永遠とは

求め得ぬものにして
求めたいと思うもの

生き物としての人間の
悲しい性の欲望であろう

王道

学問に王道あり

しかあれども
その王道を己が足にて歩まざれば
真理の宮殿に
近づくこと能わず

人担ぎし駕籠に乗りたり
人手綱を握りし馬に乗りては
真理の宮殿には

近づくこと能わず

我がために決せよ

争うべし　争うべし
疑いあって　決せずんば
直ちに争うべし
これ　我強き故にあらず
君がために決せむためなり
外道は聡明にして　智慧なし
我　聡明ならずとも
少しき智慧あり
我が智慧少なしといへども
君がために決せむ

もし　我余りにも小さくば
君　我がために決せよ

百里

九十九里は
九十九里

百里をもって
百里となす

夜空の星々に

夕方になると　太陽は西に没し
夕闇の中に　輝く星々が
見えてくる

夜空に輝く星々は
隠れた巨匠の作品

太陽の輝いている昼間は
現代
膨大な情報のあふれた

現代

太陽が西に傾き
夜へと向かうことは
時の経過

私たちは　太陽の強い光の中では
夜空で輝く星々が
見えないように
雑多な情報があふれる現代では
隠れた巨匠の作品を
見分けることができない

太陽が西に没し

あたりが夕闇に包まれ
消えるべきものが消えたとき
私たちは星々の輝きを
見ることができる

そのように　私たちは
長い長い時をかけて
強烈な情報の雑音をろ過しえた後でしか
隠れた巨匠の作品を認めることができない

ああ　だが
巨匠と呼ばれる人たちよ
あなたたちは　何故
過去形か　過去完了形でしか

認められないのか

巨匠であれば
現在形か　現在完了形で
認められるはずなのに

巨匠と呼ばれる人たちよ
私の孤独は
あなた方の孤独と同じだと
言っていただけないでしょうか

木星

長く苦しい修行の末に
釈尊は明けの明星を見て
悟りを得たという

私は若い頃
宵の明星ではあったが
その明星を見ながら息を切らして
走った日々があった

この多くの人々の人生に

大きな影響を与えてきた明星の本体は
地球の内側の軌道を回る金星だ

地球のすぐ外側には
火星があり
そのさらに外側に木星がある

木星は
岩石からなる地球とは異なり
ガス惑星だ

しかし　その質量は地球の三百十八倍もあり
外の惑星と衛星の質量を全て足し合わせても
木星の半分にもならないほど大きい

木星は
その巨大な質量に由来する
巨大な重力を持っている

木星は
原始太陽系の初期にできた
巨大なガス惑星で
その巨大な質量に由来する
巨大な重力を持っていた

木星はやがて
その外側に生成した土星の重力と共鳴しつつ
太陽を回る軌道を変化させながら

原始太陽系の中の　ガスや　小惑星をかき混ぜ
その巨大な重力で
地球や　火星や　天王星や　海王星や　小惑星などの
他の惑星の軌道を数億年かけて徐々に変えさせて
その運命に大きな影響を与えた

ああ　あの時土星の重力の影響を受けつつ
原始太陽系の中を　軌道を変えながら運動した
巨大な重力を持った木星のように
私の軌道に大きな影響を与えた存在があった

暗黒の宇宙をあてもなく運動していた
小惑星のような私の人生の軌道に
大きな影響を与えた

私にとっての木星

思い返せば　それは
私の人生においては
宇宙における一瞬の
一期一会の出会いであった

天は

天は
ポジションと栄誉を求めようとして
ポジションと栄誉を得た者からは
人生において重要ななにがしかのものを奪い

天は
ポジションと栄誉を求めようとしたが
求められなかった者や
ポジションや栄誉を求めなかった者には
人生において重要ななにがしかのものを与える

人間は万事塞翁が馬なのだ

エピローグ

追憶

私は現在七十九歳
傘寿が近い
筋肉トレーニングに励んでいる

五十代の終わりから
古希の頃まで
黄檗宗の大和郡山にある『永慶寺』と
宇治にある『萬寿院』に参禅に通った

黄檗宗のお寺に参禅に通うようになったのは

私が五十代の終わりの頃に『短歌人会』に加入したとき
Fさんという老齢の婦人で曹洞宗の方がおられて
大和郡山にある永慶寺に参禅するように勧めてくれたから

『短歌人会』に加入したのは
五十代に入って幾年かが経った頃から
短歌が詠めるようになって
どこかの短歌の結社に入って
作品を発表してみたいと思うようになって
どの結社にしようかと捜していた時に
最初に来た案内が『短歌人会』であったからだ

それまでは大阪大学大学院基礎工学研究科での研究の傍らで
『茨木病院』で精神科医の診察を受けながら

もっぱら『真如会』で仏教徒として聞法を行じていた

精神科医の処方する向精神薬は
強い副作用があって苦しかった

しかし　私はその強い副作用の中で
溶液化学の実験と研究や
化学熱力学の勉強や物理学の勉強を続けて
植物細胞生理学が扱う現象を
溶液化学や化学熱力学や物理化学や物理学の言葉で
記述する試みを続けていた

これらは皆
私の二十代の経験が基になっている

◇　◇

私が進学した大阪大学理学部生物学科では
生物現象を化学と物理化学と物理学の言葉で
理解するように指導された

教養課程では
数学や有機化学や化学熱力学や物理学の講義があって
物理実験　化学実験　生物実験があり
選択すれば地学実験も受講できた

学部では
生物学教室の各研究室の研究テーマの

基礎的な実験があって
私は特に生物物理化学研究室の
物理化学の実験に興味を持った

私は二十代の初めにキリスト教の洗礼を受けたが
大学二年生の終わり頃までにキリスト教の信仰に挫折して
心が不安定になって
何となく禅の世界に救いを求めて
ある新聞社にハガキを出したら
奈良にある曹洞宗の『三松禅寺』を紹介されて
参禅に通った

坐禅を通して元気になった私は
学部では代謝生理生化学や酵素反応論や分子遺伝学や

生物物理化学や放射線生物学や細胞生理学の外に
化学科と高分子学科の同級生と一緒に
物理化学や有機化学やコロイド化学や高分子化学や
量子力学などの講義を受け
優秀な成績で理学部を卒業した

基礎工学部生物工学科に就職して間もなく
教養部　学生部　職員会館などを占拠していた
全共闘の影響を受けた全斗委を名乗る学生たちは
さらに基礎工学部を封鎖すると宣言し行動を起こした
基礎工学部の少なくない有志の教職員と大学院生と学生は

封鎖を阻止しようと防火扉を下ろして
基礎工学部内にとどまった

全斗委の基礎工学部の封鎖行動は
先ず多数の投石で始まり
ブラインドが下ろされていた窓ガラスが破壊された
夕闇が迫る中で全斗委の行動は
ロッカーで封鎖されていた玄関の破壊行動へと移った

化学系の誰れかが
刺激臭のする薬品が入った詩薬ビンを
玄関の二階から落とした
全斗委の学生は一瞬たじろいた

夜になって機動隊が導入されて
火炎瓶を投げる幾人かの全斗委の学生が逮捕された

ところが　その夜が明けて
驚いた

隣の理学部の多くの教職員は
全斗委の行動を非難するのではなく
基礎工学部内にとどまって
全斗委による封鎖を阻止しようとした
有志の教職員と大学院生、及び学生の行動を
鋭く非難したのだ

有志の教職員と大学院生、及び学生が

全斗委の封鎖に反対したから
機動隊が導入されたのだと

基礎工学部は
やがて全斗委によって封鎖をされた

その後国会で大学措置法が制定されて間もなく
機動隊の援護の中で
大阪大学豊中キャンパスの全ての施設が
解放されて大学紛争は終わった

全斗委の影響を受けて
いわゆる大学当局や教授を批判していた
学生や大学院生や理学部の多くの教職員は

何事もなかったかのように
職場や講義や研究活動に復帰した

大学紛争が終わった翌年
基礎工学部の教職員組合は
委員長になる人がいないままに
私が書記長に選出された

大学の教職員組合は
国家公務員の教職員組合であることを理由に
ストライキなどの政治的な行動は厳しく制限されている中で
ストライキに参加することを理由に
日教組に加盟した

しかし
そのために多くの基礎工学部の組合員が
教職員組合を脱退して
教職員組合は弱体化の道を歩むことになった

そういう中で
私は三十代を前にして
突然強い不安感に襲われてガス自殺を図った

しかし　今になって思い返してみると
私が借りていた文化住宅の大家さんの娘さんは
どうも警察官の奥さんであったらしく
私が三回自殺行為を繰り返して三回意識を失っても
必ずガスホースが繋がれたガスの元栓は閉じられていた

さらに
私が吸ったガスは一酸化炭素を含んだ都市ガスではなくて
プロパンガスであったらしく一命を取りとめた
救急車は誰も呼ばなかったのか来なかった

自殺未遂ということで
東京のある精神神経科の病院に入院することになり
入院のために帰郷する直前に
狭い一室に過ぎなかった大阪大学生協書籍部で
偶然に無意識的に購入していたのが『真如会』主幹
紀野一義著『佛との出会い』（筑摩書房）であった

紀野一義先生は　当時は
私が入院した東京の精神神経科の病院から

歩いても行ける処に住んでいて
毎月一回京都へ講演に来ていた

夏には　高野山の宿坊で
釈尊がされていたという結集と呼ばれる集いを
二泊三日の日程で開いていた

その結集では
後に浄土宗西山禅林寺派の法主になる
若い中西玄禮さん（『大覚寺』　兵庫県姫路市）の人形劇が
いつも皆の人気であった

◇

全ての一つ一つは皆偶然ではあったが
今になって振り返ってみると
何かに導かれていたかのような
必然の一本の道であった

あとがき

本詩集は、私が十代の終わりから、二十代、三十代に書いていた作品を中心に、喜寿を超えるころまでの作品で、第一詩集から第九詩集に収録していない数篇を書き加えて、編纂したものです。

事実や、真実は言葉で表現された時に、事実や真実そのものではなくなる部分がありま す。詩は文学の一分野であって、言葉で書かれたものですから、事実や真実そのものではなくなっている側面があることは、否めません。

しかし、その作品のモチーフがどのようなモチベーションのもとで、書かれたのかは、作者が自己に忠実であろうとしている限り、作者のその年齢での悩みや、精神状態や心理状態をかなり色濃く表現していると思います。

私は、私の古いメモ帳に書かれている作品を読みますと、あの時そのような作品を書いていたのかという驚きとともに、若い頃に真剣に生きようとして、真剣に悩み苦しんでいた問題を思い出します。それは私が前途が全く分からない中で無我夢中で歩んでいた時の悩みや苦しみや迷いのようなものではありましたが、人生の歩みの中で目指してゆくべき一里塚のようなものを目指していたように思います。

しかし、一里塚はそれに近づいたときにはしばしば、通り過ぎてゆくべき目的物であることに気付かされることがあります。それでいてなお、振り返った時には、私の人生の歩みの中では、その時には重要な目標であったし、もしこれからの人生で何か問題が起こった時には、それが再び目標物になることを否定することはできません。私は残りの人生をその若かりし頃、その一里塚を悩みや苦しみや迷いの中で一つの目標として必死に歩んできたことを無にすることなく、それらを土台として次の一里塚を目指して歩みを続けたいと思います。その一里塚は、一里塚である以上若かりし頃に目標とした一里塚と同じかも知れません。

私は、現在は加齢によって、半跏趺坐も正座も出来なくなってしまった体の衰えの中で、半跏趺坐も正座もできないが、ある重さのバーベルを腕で上げ下げしたり、足で押したり戻したり、ある重さのバーベルを肩に担いて足を屈伸させるスクワットなどの筋肉トレーニングはできるので、永慶寺（奈良県大和郡山市）に坐禅に通う中で、仙石泰山老師（萬寿院　京都府宇治市）から頂いた公案の一つである、数息観についてあれこれ考えたり、実践して試す日々を送っております。

坐禅では、先ず姿勢を調えることが求められます。次に呼吸を調え、心を調えることが求められます。

この呼吸を調え、心を調える仕方には、少なくとも二種類はあると思います。第一の仕方は、坐禅を始めると呼吸は自然に鼻でかすかに息を出し入れする程度になります。この時、心の中では、いろいろな思いが沸き起こってきます。この心の中に沸き起こってくる色々な思いを、雑念として排除しようとするのか、沸き起こってくる雑念を雑念のままに、特に気にしないで、受け入れて坐禅を続けるのかという問題です。

数息観とは、坐禅の時の呼吸を、腹式呼吸で、吐いて、吐いて、吐いて、吐いて、吸ってを一つのセットにして、いーち、にーい、さーんと、呼吸の数をひたすらに数えることに集中して、雑念が入り込まないようにする呼吸法です。

しかし、実際には坐禅中は数息観で呼吸と心を調えようとしても、呼吸はいつの間にか、鼻でかすかにするようになっていたり、雑念も湧いてきます。それに、自宅で坐禅をするときは、傍らに時計を置いて、坐禅の途中で自分が感じた時間の経過と、実際の時間の経過を比べることができます。すると、湧き出てくる雑念を気にしないで坐禅をしますと、四、五十分経ったかなと思って、時計を見ますと一時間位が過ぎていることがあります。

一方、数息観の呼吸で坐禅をして、三十分は経ったかなと思って時計を見ると、二十分位しか過ぎていないことがよくあります。

すなわち、雑念が湧き出てきても気にしないで、沸き起こってくる雑念のままに坐禅をしているほうが、客観的には心は集中できているように思えます。

独参をするようになりますと、午後の坐禅の時は午前の独参の際に老師から言われた言葉に、午後の独参で老師に何と答えるべきかを考えますので、坐禅の時間の多くを数息観の呼吸で過ごすということは自ずと不可能になります。

筋肉トレーニングでは、体は絶えず動かします。バーベルを上げ下げする時は、必ず上げ下げの回数は数えます。呼吸が苦しくなると、口を開けて喉の気管と食道を境する周辺の筋肉を激しく開閉するようにしながら、呼吸の回数だけを必死に数えます。この時雑念が入り込む余地は全くなくなるのです。

ところで、筋肉トレーニングでの一、二、三、四、……の間隔は、坐禅の際の数息観のいーち、にーい、さーん、しーい、……よりはずっと短くなりますし、使うマシンによって一、二、三、四、……のリズムと数える数の長さが異なってきます。

例えば、肩に三十キログラムのバーベルを担いで、膝と腰を屈伸させるスクワットですと、屈伸十回を三度か四度行います。この時の一回の屈伸の時間は、いーちにーさーんとやや長くなります。

四十キログラムのバーベルを両腕で握って、やや前屈の姿勢で腕と腰と膝の屈伸で上下させる、ベントオーバーロウでは、二十回を三度行います。このベントオーバーロウの一つの動作の時間は、私の場合は三、四秒か四、五秒位であると思います。若くて体力と腕力のある人の中には、私よりもずっとゆっくりした時間経過の動作で行っている人もおります。スクワットとか、ベントオーバーロウなど筋肉トレーニングで呼吸が苦しくなるほど激しく運動することは、一種の恐怖突入に入ることになることがあります。

まだまだ、筋肉トレーニングでの数息観も、勉強の途中です。喜寿を超えても、公案としては一見単純に見える数息観にも、実際には色々な問題が含まれているように思います。

最近、大学や高校でも文・理融合ということが言われるようになりました。文学はいかにしたら生きるための力となりうるのか、理学はどのようにしたら一層多くの人々の間に拡がり、人々の生き方に影響を与え得るのか。振り返ってみますと、この私の第十詩集までの足取りは、死への不安や不条理に対する弱者の叫びであったり、人生の空しさの呟きであるように思います。そして、そのような死や不条理や空しさを、歴史上の人物や、小説の中の人物の生きざまと死や、自分の身近な人たちの人生と死を直視するとともに、自分という小さな個を私たちを取りまく大自然や宇宙の中でとらえなおし、自分とは何者なのかを考えることによって、納得しようとする試みであったり、筋肉トレーニングをスポーツ医学的にとらえながらも、仏教の一つの道と捉えて実践することを通して受容してゆこうとする、一つの試みであると思います。私の第一詩集から第十詩集までは、無意識のうちに自然と、一つの文・理融合の歩みの足跡の記録になっていると思います。

二〇二一年八月　新型コロナウイルスが世界中で猛威を振るう中で
東京二〇二〇オリンピックが開かれた、喜寿を超え傘寿へ向かう日々の中で

著者記す

清沢桂太郎（Keitaro Kiyosawa）

1941 年　千葉県市川市に生まれる
1960 年　市川高等学校（市川学園）卒業
1961 年　大阪大学理学部生物学科入学
1965 年　大阪大学理学部生物学科卒業
1969 年　大阪大学大学院理学研究科生理コース博士課程中退　理学博士

所属　関西詩人協会　日本詩人クラブ　溶液化学研究会

既刊詩集　第一詩集『シリウスよりも』（2012 年　竹林館）
第二詩集『泥に咲く花』（2013 年　竹林館）
第三詩集『大阪のおじいちゃん』（2014 年　竹林館）
第四詩集『ある民主主義的な研究室の中で』（2014 年　竹林館）
第五詩集『風に散る花』（2015 年　竹林館）
第六詩集『臭皮袋の私』（2016 年　書肆侃侃房）
第七詩集『宇宙の片隅から』（2016 年　書肆侃侃房）
第八詩集『浜までは』（2019 年　BookWay）
第九詩集『道に咲く花』（2019 年　BookWay）
自然科学書『細胞膜の界面化学』（2020 年　BookWay）

現住所　562-0005　大阪府箕面市新稲 5 丁目 20-17

清沢桂太郎詩集　若き日の悩み

2021年 8 月30日　発行

著　者　清沢桂太郎
発行所　ブックウェイ
〒670-0933　姫路市平野町62
TEL.079（222）5372　FAX.079（244）1482
https://bookway.jp
印刷所　小野高速印刷株式会社

ISBN978-4-86584-448-1